Síscéalta Lios Lurgain

Éalú as an Lios

Aoife Ní Dhufaigh

LEABHAR
BREAC

CAIBIDIL

1

HÍ SÉ an-deireanach san oíche i Lios
Lurgain i dTír na Sí. Dhúisigh Luisne
de phreab. Bhí an torann úd ann arís!
An torann céanna a bhí cloiste aici
gach oíche le seachtain. Ansin chonaic sí solas ag dul
thar fhuinneog a seomra codlata. Léim sí amach
as an leaba agus rith sí anonn go dtí an fhuinneog.
Gach oíche eile, nuair a d'fhéach sí amach, ní raibh
dada le feiceáil aici. Ach anocht chonaic sí scáth
duine ar an gcosán taobh amuigh den teach. Ach cé
a bhí ann?

Las Luisne coinneal agus d'oscail sí doras a
seomra codlata go ciúin. Chuaigh sí suas staighre
go deas réidh agus d'fhéach sí isteach i seomra
codlata a tuismitheoirí. Bhí siad ina gcodladh go
sámh. Ach nuair a d'fhéach sí isteach i seomra a

dearthár Lugh, ní raibh aon duine ann! Bhí an leaba folamh.

Chuaigh Luisne ar ais go dtí a seomra codlata féin arís ach ní raibh sí in ann codladh. Cén fáth a raibh Lugh ag éalú amach i lár na hoíche? Cá raibh sé ag dul? Agus an raibh a fhios ag a dtuismitheoirí go raibh sé amuigh?

Bhí a col ceathrair Deirdre ag fanacht le Luisne taobh amuigh de Scoil na Sí an mhaidin dár gcionn.

'Tá tú deireanach inniu, a Luisne,' a dúirt sí. 'Cá raibh tú?'

'Bhí mé an-tuirseach ar maidin,' a deir Luisne. 'Dhúisigh an torann céanna mé arís aréir. Ach an t-am seo chonaic mé duine taobh amuigh den teach. Ceapaim gurb é Lugh a bhí ann, ach ní thuigim cén fáth a raibh sé amuigh ag an tráth sin d'oíche.'

'Tá Lugh fiche bliain d'aois,' a dúirt Deirdre agus meangadh uirthi. 'B'fhéidir go bhfuil cailín aige.'

'B'fhéidir go bhfuil,' a dúirt Luisne. 'Is cinnte go bhfuil rud éigin aisteach ag tarlú. Agus gheobhaidh mise amach anocht céard é féin. Geallaim duit.'

An oíche ina dhiaidh sin bhí Luisne istigh sa leaba agus a cuid éadaí fós uirthi. Bhí a clóca ag bun na leapa agus an laindéar réidh aici gar don doras. Chuaigh uair an chloig thart. Ansin uair an chloig eile. Bhí sí an-tuirseach faoin am seo agus de réir a chéile thosaigh a súile ag dúnadh. 'Ach ní féidir liom titim i mo chodladh anocht,' a dúirt sí, agus amach as an leaba léi.

Chuir Luisne uirthi a clóca. Ansin shuigh sí ar an urlár agus chuir sí a droim leis an mballa. Ní raibh sí róchompordach ach, ar a laghad, bhí sí in ann fanacht ina dúiseacht. Ar deireadh chuala sí é. Torann ar an staighre agus coiscéimeanna ag dul thar dhoras a seomra codlata. Ansin doras á oscailt agus á dhúnadh arís go ciúin.

D'éirigh Luisne de léim. Rug sí ar an laindéar agus chuir sí faoina clóca é. Amach as an teach léi agus síos an bóthar, ag fanacht siar le bheith cinnte nach bhfeicfeadh Lugh go raibh sí á leanacht. Nuair a shroich Lugh an claí ard taobh amuigh de Lios Lurgain stop sé. Thóg sé amach eochair mhór ornáideach agus shín sé i dtreo an chlaí í. Ansin chonaic Luisne doras mór dubh sa chlaí, doras nach raibh ann ar chor ar bith nóiméad roimhe sin! Bhí ríméad uirthi.

'Caithfidh gurb é sin an bealach go dtí an Domhan Thuas,' ar sise léi féin. Ansin sháigh Lugh an eochair sa doras mór dubh agus ar seisean:

'Tá sióg ar an Tairseach ag iarraidh dul suas,
Oscail an bealach go dtí an Domhan Thuas.'

Chomh luath agus a bhí na focail ráite, chonaic Luisne an doras ag oscailt go mall, réidh. Ansin chuir Lugh an eochair mhór ar ais ina mhála agus siúd amach thar an Tairseach leis go dtí an Domhan Thuas!

Bhí Luisne an-sásta léi féin agus í ag dul abhaile. 'Tá a fhios agam cá bhfuil an Tairseach! Agus tá a fhios agam na focail draíochta!' a dúirt sí. 'Nuair a gheobhaidh mé an eochair, beidh mé féin agus Deirdre in ann dul go dtí an Domhan Thuas.'

An mhaidin dár gcionn bhí Deirdre ag fanacht le Luisne taobh amuigh de Scoil na Sí mar ba ghnách.

'Tá tú deireanach arís, a Luisne,' a dúirt Deirdre. 'Cá raibh tú?'

'Fan go gcloisfidh tú céard a tharla aréir,' a deir Luisne. D'fhéach sí ina timpeall agus ansin thosaigh sí ag cogarnaíl. 'Lean mé Lugh aréir agus fuair mé amach gur imigh sé go dtí an Domhan Thuas! Agus tá a fhios agam anois cén áit go díreach a bhfuil an Tairseach agus céard iad na focail draíochta. Níl le déanamh agam anois ach an eochair a fháil agus beidh an bheirt againn in ann dul go dtí an Domhan Thuas.'

Cheap Luisne gur áit iontach ar fad a bhí sa Domhan Thuas. Bhí go leor leabhar léite acu ar scoil faoi, agus bhí go leor pictiúr de feicthe acu, ach ba mhaith le Luisne na hiontais ar fad a bhí ann a fheiceáil di féin.

'Ach níl mise ag iarraidh dul go dtí an Domhan Thuas,' a dúirt Deirdre. 'Tá sé an-chontúirteach thuas ansin. Sin é an fáth a bhfuil riail ann nach bhfuil cead ag sióga óga dul go dtí é leo féin.'

'Ach níl ciall ar bith leis an riail sin,' a deir Luisne. 'Is sióga muid agus tá draíocht againn!'

'Tá cuid de na Cleasa Sí ar eolas againn,' a dúirt Deirdre. 'Ach tá go leor leor cleasa le foghlaim fós againn.'

Ach ansin bhuail an clog agus bhí sé in am ag na sióga óga dul isteach sa scoil.

An oíche sin bhí Luisne ina dúiseacht agus í ag fanacht go dtiocfadh Lugh abhaile.

'Tá mé cinnte go n-athróidh Deirdre a hintinn faoi theacht in éineacht liom nuair a bheidh an eochair agam,' ar sise léi féin.

Faoi dheireadh, chuala sí Lugh, agus amach

as an leaba léi de léim agus isteach sa chistin.

'An raibh tusa sa Domhan Thuas inniu?' ar sise lena deartháir.

'Bhí,' a deir Lugh. 'Ach cén fáth nach bhfuil tusa i do chodladh?'

'Bhí deoch uisce uaim,' arsa Luisne, agus líon sí gloine uisce di féin. 'Cén sórt áite é an Domhan Thuas, a Lugh?'

'Áit chontúirteach do shióga óga,' arsa a dear-tháir. 'Oíche mhaith, a Luisne.'

Nuair a bhí Lugh imithe suas an staighre, thosaigh Luisne ag cuardach.

'B'fhéidir gur ina mhála atá an eochair aige,' ar sise agus chuir sí a lámh isteach ann.

Ní raibh an eochair ann.

'B'fhéidir gur i bpóca a chóta atá sí aige,' ar sise ansin, agus chuir sí a lámh isteach ina phóca.

Ach ní raibh an eochair ann.

Bhreathnaigh Luisne timpeall an tseomra.

'B'fhéidir gur ar an tseilf os cionn na tine atá an eochair,' a dúirt sí.

Sheas sí ar chathaoir agus shín sí suas chomh fada leis an tseilf! Bhí ríméad uirthi nuair a bhraith sí an eochair lena méara! Síneadh beag eile go dtí cúl na seilf agus bheadh sí aici.

Ach, mo léan! Sciorr an chathaoir agus thit Luisne anuas ar an urlár de phlimp!

Bhí an torann le cloisteáil ar fud an tí. Isteach le tuismitheoirí agus deartháir Luisne. Chrom a máthair síos lena taobh.

'Tá mé ag ceapadh go bhfuil tú ceart go leor,' a dúirt sí ansin. 'Níl aon chnámha briste agat an babhta seo.'

'Ach, a Luisne, cén fáth a raibh tú thuas ar an gcathaoir?' arsa Lugh.

'Bhí mé ag iarraidh ceann de na cístí a fháil,' a deir Luisne.

'Ceann de na cístí?' arsa a hathair. 'Cén uair a thosaigh muid ag cur cistí thuas ansin? An bhfeiceann tú? Tá na cístí anseo ar an mbord.'

Phléasc Luisne amach ag caoineadh.

'Ó! Mo chos,' a dúirt sí. 'Ceapaim go bhfuil mo chos briste agam.'

'Níl do chos briste, a stór,' arsa a máthair. 'Ach caithfidh tú dul ar ais chuig do leaba anois. Beidh tú ceart go leor ar maidin.'

Nuair a dhúisigh Luisne ar maidin ní raibh aon fhonn uirthi dul ar scoil.

'Tá pian i mo chois,' ar sise lena máthair, 'agus tá pian i mo cheann freisin.'

'An bhfuil, a stór?' a deir a máthair. 'B'fhearr duit fanacht ag baile mar sin. Beidh lá deas ciúin ag an mbeirt againn le chéile.'

Chaith Luisne an lá sa leaba ag léamh leabhair faoi na hiontais ar fad atá sa Domhan Thuas.

Díreach tar éis na scoile tháinig Deirdre ar cuairt.

'Céard a tharla duit, a Luisne?' ar sise. 'Dúirt Aintín Muireann gur ghortaigh tú do chos.'

Thosaigh Luisne ag gáire. 'Níl aon rud orm, a Dheirdre,' a dúirt sí. 'Ach ní raibh fonn orm dul ar scoil inniu.'

'Dúirt Mam go bhfuil cead agamsa codladh anseo thar oíche,' a dúirt Deirdre.

'Go maith,' arsa Luisne.

Ansin thosaigh Luisne ag insint do Dheirdre faoin rud a tharla di an oíche roimhe sin.

'Ach, tar éis an méid sin ar fad, níl an eochair faighte agam fós,' a dúirt sí go brónach nuair a bhí an scéal críochnaithe aici.

'Bhuel, sin sin,' arsa Deirdre.

'Ach ní hea,' a dúirt Luisne agus léim sí amach as an leaba. 'Tá a fhios agam anois cá bhfuil an eochair! Agus is féidir liom í a fháil má thugann tusa cúnamh dom. Tá plean agam.'

'Ach ní thuigimse,' a deir Deirdre, 'cén fáth a bhfuil eochair uait ar chor ar bith. Nach dtéann sióga go dtí an Domhan Thuas agus abhaile arís gan aon eochair acu?'

'D'fhiafraigh mise de mo Dhaid faoi sin an lá cheana,' arsa Luisne. 'Nuair a bhíonn na sióga ina gcodladh bíonn an Tairseach dúnta agus ní féidir dul amach ná isteach gan eochair.'

'An bhfuil eochair i ngach teach mar sin?'

Níl. Eochair amháin atá i Lios Lurgain agus bíonn sí coinnithe sa teach seo.'

Go gearr ina dhiaidh sin chuaigh Deirdre isteach sa chistin le labhairt lena haintín Muireann.

'Tá Luisne ag ligean a scíthe anois,' a dúirt sí. 'Ach tá an-ocras orm. Tháinig mé anseo díreach ón scoil.'

'A Dheirdre bhocht,' arsa Muireann. 'Téigh isteach ansin sa seomra suí agus tabharfaidh mise bia isteach chugat. Tá tú ag fanacht anseo anocht le Luisne, nach bhfuil?'

'Tá,' a dúirt Deirdre.

Thug a haintín deoch te meala, torthaí úra agus cistí beaga milse do Dheirdre

'Bí ag ithe, a stór,' ar sise.

Nuair a bhí sí ag ithe thosaigh Deirdre ag insint na nuachta ar fad as Lios Darach dá haintín Muireann.

D'inis sí di faoin gcapall bán a bhí ceannaithe ag a hathair.

D'inis sí di faoin ngúna álainn síoda a bhí déanta ag a seanmháthair di.

D'inis sí di faoi na seoda gleoite a fuair a deirfiúr Aoife ar a lá breithe.

D'fhan Deirdre sa seomra suí lena haintín go dtí go raibh na scéalta seo ar fad inste aici di.

'Maith thú, a Dheirdre. Choinnigh tú Mam as an mbealach,' a dúirt Luisne go ríméadach nuair a tháinig Deirdre ar ais go dtí an seomra codlata.

'Féach!' Shín sí amach a lámh. 'Fuair mé an eochair. Anois is féidir leis an mbeirt againn dul go dtí an Domhan Thuas.'

14

'A Luisne,' arsa Deirdre. 'Bhí mé breá sásta cúnamh a thabhairt duit an eochair a fháil ach, mar a dúirt mé leat inné, níl mé ag iarraidh dul go dtí an Domhan Thuas. Ba mhaith liom an áit a fheiceáil am éigin agus b'aoibhinn liom dul go dtí an phictiúrlann agus go dtí an sorcas, mar a dhéanann na páistí thuas ansin. Ach níl mé ag iarraidh dul ann anois. Tá sé róchontúirteach.'

'Ach, a Dheirdre,' arsa Luisne agus í beagnach ag caoineadh. 'Caithfidh tú teacht in éineacht liom.'

'Tiocfaidh. Nuair a bheidh muid níos sine,' a dúirt Deirdre. 'Ach níl mé ag dul ann anois.'

Bhí Luisne bhocht croíbhriste.

'Níl aon spraoi ionatsa,' a dúirt sí lena col ceathrair agus pus mór uirthi. 'Tá faitíos ort roimh gach uile rud.'

Níor labhair an bheirt le chéile ar feadh cúpla nóiméad. Thosaigh Luisne ag léamh leabhair. Ach níor thaitin an ciúnas le Deirdre. Níor thaitin léi bheith ag argóint le Luisne.

'D'fhiafraigh mé de Mham inné,' ar sise, 'faoin aintín seo atá againne sa Domhan Thuas. Dúirt sí gur ceoltóir atá inti agus go mbíonn sí ag casadh ceoil do na Daoine. Tá sí pósta le Duine a bhfuil

Mícheál air. Bíonn Gormlaith ar an teilifís agus sna nuachtáin go minic ach níl a fhios acu sa Domhan Thuas gur sióg atá inti.'

'Má thagann tú in éineacht liom,' a dúirt Luisne, 'rachaidh an bheirt againn ar cuairt chuici.'

'Ná tosaigh air sin arís, a Luisne,' arsa Deirdre. 'Cheap mé go raibh muid chun cluichí agus Cleasa Sí a imirt?'

CAIBIDIL

2

CHAITH NA sióigíní an chuid eile den tráthnóna ag imirt a gcuid Cleasa Sí. Bhí an-spraoi ag an mbeirt.

Thosaigh siad le *Imigh as Radharc*, an cleas is fearr a thaitníonn le Deirdre. Ina dhiaidh sin d'imir siad an *An Sí Gaoithe*. Sin é an ceann is fearr le Luisne. Agus, ar deireadh, d'imir siad *Athraigh Cruth*. Sin cleas atá an-deacair a déanamh nuair nach bhfuil ionat ach sióigín óg!

Ach ansin shín Luisne siar ar an leaba. 'Tá mé tuirseach anois,' ar sise. 'Ach thaitin sé sin thar cionn liom.'

'Agus liomsa,' a deir Deirdre. 'Bhain mé an-spraoi as.'

Bhí Deirdre ag cuimhneamh uirthi féin. Ansin labhair sí.

'A Luisne, an rud seo faoin mbeirt againn a bheith ag dul go dtí an Domhan Thuas,' a dúirt sí.
'B'fhéidir go rachaidh mé in éineacht leat. Tuigim anois go bhfuil muid i bhfad níos fearr chuig na Cleasa Sí ná mar a cheap mé.'
'An bhfuil tú ag rá go dtiocfaidh tú in éineacht liom nuair a bheidh muid níos sine?' arsa Luisne.
'Níl,' a deir Deirdre. 'Tá mé ag rá go rachaidh mé in éineacht leat anois.'
D'éirigh Luisne den leaba de léim agus thosaigh sí ag damhsa le háthas ar fud an tseomra codlata.
'Ach tá rud amháin a chaithfidh tú a ghealladh dom,' arsa Deirdre nuair a stop Luisne ag damhsa.
'Rud ar bith atá uait,' a dúirt Luisne.
'Caithfidh tú gealladh dom go rachaimid go dtí an phictiúrlann agus go dtí an sorcas nuair a bheidh muid thuas ann.'
'Déanfaidh muid na rudaí sin ar fad, a Dheirdre,' arsa Luisne agus ríméad an domhain uirthi.

Bhí na sióga sa Domhan Thíos fós ina gcodladh nuair a d'éirigh an dá shióigín, Luisne agus Deirdre.
Shiúil siad go dtí an claí ard atá idir Lios Lurgain agus Lios Darach.
'Díreach anseo atá an Tairseach,' a dúirt Luisne.

Thóg sí amach an eochair agus shín sí i dtreo an chlaí í mar a rinne Lugh. Go tobann bhí an doras mór dubh le feiceáil acu os a gcomhair amach.

Sháigh Luisne an eochair sa ghlas agus ar sise:

'Tá sióg ar an Tairseach ag iarraidh dul suas,
Oscail an bealach go dtí an Domhan Thuas.'

D'oscail an doras go mall, réidh.

Thóg Luisne an eochair as an nglas agus chuir sí ar ais go cúramach ina mála í.

Ansin chuaigh sí féin agus a col ceathrair Deirdre amach thar an Tairseach go dtí an Domhan Thuas!

An chéad rud eile bhí an dá shióigín ina seasamh sa seandún atá os cionn Lios Lurgain! Bhreathnaigh siad ina dtimpeall. Bhí an ghrian díreach ag éirí.

'Bhí mise anseo le mo thuismitheoirí nuair a bhí mé 'níos óige,' a dúirt Luisne.

'Agus mise freisin,' a deir Deirdre.

Ceithre bliain d'aois a bhí siad nuair thosaigh na Daoine ag tógáil bóthair trí sheandún Lios Lurgain.

Bhí an-fhearg ar na síóga nuair a tharla sé sin.

'Caithfidh muid iad a stopadh!' a dúirt siad.

Thosaigh na síóga ag teacht go dtí an Domhan Thuas san oíche. Gach oíche nuair a bhí na Daoine ina gcodladh d'imir siad Cleasa Sí. Bhris siad na hinnill agus líon siad isteach gach poll a bhí déanta i rith an lae.

'Caithfimid an bóthar nua a thógáil in áit éigin eile,' a dúirt na Daoine ar deireadh agus d'éirigh siad as an obair ar fad.

Bhí an dá shióigín an-sásta leo féin anois. Chaith Luisne fúithi ar an bhféar agus bhreathnaigh sí suas ar an spéir ghorm. Bhí an ghrian cosúil le liathróid mhór bhuí. Bhí scamaill bhána a raibh gach cruth orthu ag rith trasna na spéire. Thosaigh sí ag iarraidh na cruthanna a ainmniú.

'Tá sé níos deise anseo ná sa Domhan Thíos,' ar sise. 'Is aoibhinn liom gach rud, go háirithe na scamaill agus teas na gréine.'

'Tá sé i bhfad níos deise anseo,' arsa Deirdre.

'Is mór an trua é nach bhfuil na héin agus na hainmhithe beaga sin ar fad sa bhaile againn. Agus níl boladh deas na mbláth againn ach an oiread.'

Ina dhiaidh sin thosaigh an dá shióigín ag spaisteoireacht. Shiúil siad timpeall an dúin ag cur spéise sna hainmhithe agus sna héin, sna feithidí agus sna plandaí. D'aithin siad cuid acu seo ó na leabhair a bhí léite acu ar scoil, ach bhí go leor eile nach bhfaca siad riamh.

'Ach céard faoin bpictiúrlann agus an sorcas?' a d'fhiafraigh Deirdre de Luisne nuair a bhí a dóthain feicthe aici.

'Istigh sa bhaile mór atá siad sin,' a dúirt Luisne.

'Seo! Rachaimid isteach ann mar sin,' arsa Deirdre.

Chuir an baile mór an-iontas ar an dá shióigín. Bhí rírá agus torann ann. Bhí carranna ag imeacht ar luas lasrach tríd an mbaile. Bhí díomá ar Luisne agus ar Dheirdre.

'Níl sé seo ar nós na mbailte deasa a chonaic muid sna leabhair,' a dúirt Luisne.

'Níl,' arsa Deirdre. 'Agus ceapaimse go bhfuil cuid de na Daoine ag stánadh orainn. Caithfimid a bheith cúramach.'

'Caithfidh,' a dúirt Luisne.

Bhí Luisne agus Deirdre ag siúl ar fud an bhaile

agus iad ag cuardach na pictiúrlainne.

'Ba cheart dúinn dul abhaile agus gan bacadh leis an bpictiúrlann,' a dúirt Deirdre ar deireadh.

'Feicim í,' arsa Luisne díreach ansin. Bhí meangadh mór uirthi. 'Tá an phictiúrlann ansin ar an taobh eile den bhóthar!' Nuair a bhí siad ag dul isteach ann, bhí slua páistí istigh ann rompu.

'Leanfaimid na páistí sin. Imigh as radharc,' arsa Luisne i gcogar lena col ceathrair.

D'imir an dá shióigín a gCleas Sí agus i bpreabadh na súl bhí siad suite ar dhá shuíochán istigh sa phictiúrlann! Bhí an áit plódaithe. Ach ní raibh na Daoine a bhí istigh sa phictiúrlann in ann an dá shióigín a fheiceáil ar chor ar bith!

Níorbh fhada gur thosaigh an scannán. Thaitin sé go mór leo. Ní raibh a leithéid feicthe acu riamh cheana. Ní raibh focal as an mbeirt agus iad ag faire ar iontais an tsaoil ar an scáileán mór os a gcomhair amach.

Ach, ansin go tobann, lig an buachaill beag a bhí in aice leo béic as.

'Ní maith liomsa grán rósta,' a dúirt sé lena athair. 'Tá sé gránna. Gránna! Faigh milseáin dom!' Agus thosaigh sé ag geonaíl.

'Nach bhfuil an buachaill sin an-dána?' arsa Luisne.

'Uafásach dána,' arsa Deirdre. 'Meas tú an mbíonn na páistí ar fad chomh dána sin?'

'Níl a fhios agam,' arsa Luisne. 'Ach fan go bhfeicfidh tú é seo.'

'*Sí Gaoithe*,' arsa Luisne ansin.

Suas san aer leis an mboiscín gráin rósta a bhí ina láimh ag an mbuachaill beag. Suas, suas agus anuas arís!

Nuair a thit an grán rósta anuas ar na daoine a bhí gar don bhuachaill, bhuail fearg iad.

'Éirigh as sin,' a dúirt siad. 'Éirigh as láithreach.'

Thosaigh an buachaill beag ag caoineadh.

'Seo,' a dúirt an t-athair agus rug sé ar a mhac. 'Tá muid ag dul abhaile.'

Agus amach as an bpictiúrlann leis an mbeirt. Thosaigh Deirdre ag gáire nuair a chonaic sí bean os a comhair amach ag iarraidh an ghráin rósta a bhaint as a cuid gruaige.

'Breathnaigh! Nach bhfuil sé sin an-ghreann-mhar,' ar sise le Luisne.

Ach bhí Luisne ag faire ar an scáileán mór arís. Bhí sí ag faire ar na heitleáin agus ar na heilifintí, ar na tumadóirí agus ar na taibhsí — ar rudaí nach raibh feicthe aici féin ná ag Deirdre riamh ina saol.

Thaitin an scannán chomh mór sin leis an dá shióigín gur fhan siad sa phictiúrlann nuair a bhí sé thart. Bhí siad ag iarraidh é an fheiceáil den dara babhta!

Sular thosaigh an scannán arís, shuigh slua buachaillí sna suíocháin díreach taobh thiar den dá shióigín. Bhí na buachaillí an-ghlórach agus iad ag brú a gcos ar na suíocháin os a gcomhair. Bhí fearg ar Luisne agus d'iompaigh sí timpeall.

'Sí gaoithe,' a dúirt sí.

Phléasc na deochanna agus an t-uachtar reoite a bhí ag na buachaillí. Ba ghearr go raibh na suíocháin agus an t-urlár clúdaithe leo. Go tobann lasadh na soilse.

'Amach libh,' a dúirt an freastalaí leis na buach-aillí.

'Ach ní dhearna muid aon rud,' a dúirt buachaill amháin.

'An cailín sin ansin, sa suíochán os mo chomhair, rinne sise rud éigin....' a dúirt buachaill eile.

'Cén cailín?' arsa an freastalaí. 'Níl aon duine sa suíochán os do chomhair.'

'Ach bhí cailín ann....'

'Amach libh,' arsa an freastalaí, 'nó cuirfidh mé glaoch ar na gardaí.'

CAIBIDIL

3

HÍ RÍRÁ agus ruaille buaille sa Domhan Thíos. Bhí na sióga ar fad trína chéile. Bhí dhá shióigín óga, Luisne agus Deirdre, ar iarraidh!

Ar dtús cheap tuismitheoirí Luisne gur thall i Lios Darach a bhí sí lena col ceathrair. Agus cheap tuismitheoirí Dheirdre gur i Lios Lurgain a bhí sise.

Nuair a fuair siad amach ar deireadh nach mar sin a bhí, thosaigh na sióga ar fad á gcuardach. Chaith siad an lá ag cuardach ach ní raibh tásc ná tuairisc in aon áit ar Luisne ná ar Dheirdre.

'Céard a dhéanfaimid anois?' a d'fhiafraigh Lugh dá thuismitheoirí

'Tá muid cinnte go leor nach anseo i dTír na Sí atá siad,' a dúirt Muireann, máthair Luisne. 'Tá gach áit cuardaithe go maith againn faoin am seo.'

'Tá faitíos orm gur sciob bithiúnach éigin iad agus gur thug sé leis go dtí an Domhan Thuas iad,' arsa Aodh, athair Luisne.

'Tá siad i gcontúirt mhór más é sin a tharla dóibh,' a dúirt Lugh.

'Tá go deimhin,' arsa Aodh. 'Caithfidh an Slua Sí dul go dtí an Domhan Thuas. Caithfimid dul ann láithreach. Cuirfidh mise an scéala amach anois chuig na sióga ar fad. Faigh tusa an eochair, a Lugh. Tá sé déanach anois agus tá an Tairseach dúnta.'

Ach ní raibh Lugh in ann an eochair a fháil!

'Leag mé ar an tseilf os cionn na tine í,' ar seisean, 'ach níl sí ann anois.'

'Tá a fhios agam anois céard a tharla,' arsa Muireann go tobann. 'Níor sciob aon bhithiúnach iad. Is amhlaidh a tháinig Luisne ar an eochair. Ansin d'éalaigh sí féin agus Deirdre go dtí an Domhan Thuas i ngan fhios dúinn!'

'Tá mé ag ceapadh go bhfuil an ceart agat, a Mháthair,' a dúirt Lugh. 'Bhí sí ag cur ceisteanna ormsa faoin Domhan Thuas an lá cheana.'

'Agus ormsa freisin,' arsa Aodh.

Nuair a chuala tuismitheoirí Dheirdre an scéal seo bhí siad an-trína chéile.

'Sa Domhan Thuas atá siad!' arsa máthair Dheirdre agus na deora léi. 'Ní chreidim é seo. Tá go leor contúirtí sa Domhan Thuas, go háirithe do shióga óga nach bhfuil na Cleasa Sí ar fad foghlamtha acu.'

'Cár fhoghlaim siad na cleasa?' a d'fhiafraigh athair Dheirdre. 'Ní insíonn aon duine againn na focail draíochta do shióga óga. Sin riail dhocht atá againn. Agus ní bheadh Deirdre agus Luisne in ann dul thar an Tairseach gan na focail draíochta a bheith ar eolas acu.'

'Ach bíonn siad i gcónaí ag cúléisteacht le comhrá na sióga fásta,' arsa máthair Dheirdre. 'Agus cuireann Deirdre an oiread ceisteanna.'

'Chuala mé go bhfuil sióga Lios Lurgain ag dul go dtí an Domhan Thuas á gcuardach,' a dúirt athair Dheirdre ansin. 'Ach tá sé i gceist acu fanacht go maidin.'

'Fanacht an oíche ar fad gan aon rud a dhéanamh?' a d'fhiafraigh máthair Dheirdre agus alltacht uirthi. 'Nuair atá dhá shióigín óga ar strae sa Domhan Thuas!'

D'éirigh athair Dheirdre ina sheasamh. 'Tá an

ceart ar fad agat. Níor cheart dúinn a bheith ag cur ama amú,' ar seisean. 'Agus níl aon mhaith sa chaint. Rachaidh sióga Lios Darach agus sióga Lios Lurgain go dtí an Domhan Thuas le chéile. Agus rachaimid ann anois láithreach. Is féidir linn úsáid a bhaint as eochair Lios Darach.'

4

B HÍ SÉ SIN iontach,' arsa Luisne agus iad ag teacht amach as an bpictiúrlann ar deireadh.

'Bhí,' a dúirt Deirdre. 'Bhí sé iontach ar fad. An rachaimid go dtí an sorcas anois?'

'Caithfimid a fháil amach ar dtús cá bhfuil sé,' arsa Luisne. 'Cuirfimid ceist ar an mbean sin thall.'

'Déanfaidh mise é,' a dúirt Deirdre.

'Ach tá tú fós as radharc, a Dheirdre,' arsa Luisne agus í ag gáire.

'Tá an ceart agat,' arsa Deirdre. 'Rinne mé dearmad.'

'Gabh mo leithscéal,' arsa Deirdre leis an mbean.

'Ó, bhain tú geit asam, a leanbh,' a dúirt an bhean. 'Ní fhaca mé aon duine ag teacht.'

'Gabh mo leithscéal,' arsa Deirdre arís. 'Ach

an bhfuil a fhios agatsa cá bhfuil an sorcas?'

'An sorcas?' a deir an bhean. 'Ó, tá brón orm, a stór, ach ní fhaca muid sorcas ar an mbaile seo ó bhí mise i mo chailín óg.'

'Agus tá sé sin i bhfad ó shin!' a dúirt Luisne.

'Cheap mise go dtéann páistí daonna chuig an sorcas gach uile sheachtain,' a deir Luisne i gcogar le Deirdre.

'Cheap mise sin freisin,' arsa Deirdre.

Chonaic an bhean go raibh díomá orthu.

'Ach, a chailíní,' ar sise, 'tá aonach ar siúl ar an mbaile inniu. B'fhéidir gur mhaith libh dul ann. Má théann sibh síos an bóthar ansin agus casadh ar dheis feicfidh sibh é.'

Ghlac an bheirt buíochas leis an mbean agus ar aghaidh leo.

Chuir an dá shióigín an-suim sna hainmhithe a bhí ar an aonach. Bhí capaill agus caoirigh, beithígh agus bainbh ann. Bhí géanna agus lachain ann agus ainmhithe agus éin eile nach raibh Luisne ná Deirdre in ann aon ainm a chur orthu.

Chuaigh an dá shióigín thart go dtí na seastáin ar fad. Bhlais siad na bianna a bhí á dtabhairt amach saor in aisce. Thaitin na brioscaí agus na cistí milse le Luisne ach b'fhearr le Deirdre an cháis. Bhí iontas orthu go raibh daoine ag tabhairt bia amach saor in aisce.

'Tá na daoine anseo an-deas,' arsa Luisne.

'Tá,' arsa Deirdre. 'Tá siad an-deas ar fad.'

Bhí siad anois ag seastán a raibh seoda deasa á ndíol ann.

Níorbh fhada gur thosaigh fear ag caint leo.

'Feicim go dtaitníonn seoda libh, a chailíní,' arsa an fear. 'Ach tá sibh ró-óg le bheith ag ceannach rudaí luachmhara mar sin.'

'Tá go leor seoda luachmhara againn cheana féin,' a dúirt Luisne. 'Tugann ár dtuismitheoirí seoda dúinn nuair a bhíonn lá breithe againn.'

Thosaigh an fear ag gáire.

'Ach ní seoda cearta iad sin, a stór,' ar seisean. 'Tá mé cinnte gur seoda bréige iad.'

'Ní seoda bréige iad,' arsa Luisne agus cantal ag teacht uirthi. 'Breathnaigh!' Shín sí amach a lámh lena cuid bráisléad agus a cuid fáinní a thaispeáint don fhear.

'Fan go bhfeicfidh mé i gceart iad,' a deir an fear. 'Níl m'amharc ró-iontach.' Agus bhain sé na bráisléid de láimh Luisne.

Lig Luisne béic aisti.

'Stop!' a dúirt sí. Ach bhí sí ródheireanach. Bhí an fear bailithe leis ar cos in airde agus na bráisléid ina ghlaic aige.

Bhí cuthach dearg ar Luisne. Ní raibh sí chun ligean leis an mbithiúnach an ceann is fearr a fháil uirthi.

'Tá a fhios agam céard a dhéanfaidh mé,' a dúirt sí. Chrom sí síos ansin agus phioc sí duilleog feoite den talamh. Shéid sí ar an duilleog. Ansin dhún sí a súile agus dúirt:

'Ar dhul faoi na gréine, ag deireadh an lae,
Athróidh na seoda is ní bheidh iontu ach cré.'

'Anois, ní bheidh aon mhaith don bhithiúnach gránna sin i mo chuid seoda deasa,' a dúirt sí le Deirdre. 'Ach breathnaigh, is gearr go mbeidh sé dorcha. Is fearr dúinn a bheith ag dul abhaile.'

D'fhág Luisne agus Deirdre an baile mór agus chuaigh siad ar ais go dtí an seandún. Thug siad aghaidh láithreach ar an áit as ar tháinig siad amach ann an mhaidin sin. Ach nuair a shín Luisne amach an eochair níor tharla aon rud. Ní raibh an doras mór dubh le feiceáil os a gcomhair amach.

'An bhfuil muid san áit cheart?' arsa Deirdre agus an-imní uirthi.

'Tá,' a dúirt Luisne. 'Déarfaidh mé na focail dhraíochta:

'Tá sióg ar an Tairseach ag iarraidh dul síos,
Oscail an bealach go dtí an Domhan Thíos.'

Ach níor tharla aon rud!

'Abair arís é,' a dúirt Deirdre.

Dúirt Luisne na focail dhraíochta den dara huair. Ach fós féin níor tharla aon rud!

'Ní cheapfainn gurb in iad na focail chearta,' arsa Deirdre.

'Dúirt mé an focal 'síos' in áit 'suas' agus dúirt mé an focal 'thíos' in áit 'thuas',' arsa Luisne. 'Ba cheart go n-oibreodh sé sin.'

'Bhuel, níl sé ag oibriú,' arsa Deirdre. 'Caithfidh sé go bhfuil focail dhraíochta eile ann a deir síóga nuair a bhíonn siad ag iarraidh dul síos.'

'Má tá,' a dúirt Luisne, 'níor chuala mise riamh iad!'

'B'fhéidir go bhfuil bealach eile ann le dul abhaile,' a dúirt Deirdre. 'B'fhéidir go bhfuil Tairseach eile ann.'

Thosaigh an bheirt ag cuardach timpeall ar an seandún.

Ar deireadh chonaic Luisne poll cosúil le pluais

i gclaí an dúin. Nuair a bhreathnaigh sí isteach, thuig sí gur pasáiste a bhí ann.

'Anseo, a Dheirdre,' ar sise agus dhá chroí aici. 'Tá pasáiste faighte agam!'

'Buíochas mór leis an mbandia Bríd,' arsa Deirdre. 'Bhí faitíos orm go raibh muid sáinnithe anseo.'

Thosaigh Luisne agus Deirdre ag siúl isteach i bpasáiste fada dorcha. Bhí ríméad orthu anois agus iad cinnte go raibh siad ar an mbealach abhaile go dtí an Domhan Thíos. Ach níor mhair an ríméad. Ní raibh siad i bhfad isteach nuair a chonaic siad go raibh clocha móra agus carraigeacha sa bhealach orthu.

'Sin é,' a deir Deirdre go brónach agus bhí na deora léi. 'Mar gheall ar na clocha sin ní féidir linn dul níos faide.'

Amach leo arís go dtí béal na pluaise. Bhí sé fuar agus dorcha i seandún Lios Lurgain faoin am seo. Go tobann thosaigh sé ag cur báistí.

'Níl mise ag baint aon sásamh as seo níos mó!' arsa Deirdre.

'Ná mise ach an oiread,' a deir Luisne. 'B'aoibhinn liom a bheith sa bhaile. Ach fanfaimid istigh anseo sa phluais. Ar a laghad tá sé tirim ann.'

CAIBIDIL
5

BHÍ SÉ ina oíche dhubh sa Domhan Thuas. Shuigh Luisne agus Deirdre go cráite sa phluais agus iad ag crith leis an bhfuacht. Bhí an ghaoth ag séideadh anois agus bhí fuaimeanna agus glórtha aisteacha le cloisteáil acu istigh sa phluais féin agus taobh amuigh sa dún. Scanraigh glórtha aisteacha na hoíche an dá shióigín.

'Faoin am seo,' a dúirt Deirdre. 'Beidh a fhios ag gach duine sa bhaile go bhfuil an bheirt againn imithe. B'fhéidir go dtiocfaidh siad chun muid a fháil.'

'Ach níl a fhios acu gur anseo atá muid,' arsa Luisne.

'Gheobhaidh siad amach ar deireadh. Agus nuair a bheidh a fhios ag ár dtuismitheoirí gur tháinig muid anseo beidh siad ar buille linn,' arsa Deirdre.

'Beidh, ceart go leor,' arsa Luisne. 'Ach is cuma liomsa cén pionós a chuirfear orm má éiríonn liom dul abhaile arís.'

Bhí an bheirt ina dtost ar feadh tamaill. Go tobann lig Luisne béic aisti.

'Tá sé agam!' ar sise. "Tá sé agam, a Dheirdre!"

'Céard atá agat?' arsa Deirdre.

'Aintín Gormlaith,' arsa Luisne. 'Tá sí ina cónaí sa Domhan Thuas nach bhfuil? D'fhéadfadh muid dul go dtí a teach.'

'D'fhéadfadh, ' arsa Deirdre. 'Ach níl a fhios againn cá bhfuil sí ina cónaí.'

'Caithfidh go bhfuil Cleas Sí againn chun í a aimsiú,' arsa Luisne.

Thosaigh an bheirt ag smaoineamh ar na Cleasa Sí ar fad a bhí ar eolas acu.

Ach ní raibh aon cheann feiliúnach.

'Ní oibreoidh aon cheann acu sin,' arsa Luisne.

'Ach fan nóiméad,' arsa Deirdre. 'An cuimhin leat na cleasa a bhain leis na hainmhithe? D'fhoghlaim muid iad ar scoil anuraidh.'

'Ó, sea,' arsa Luisne. 'Is cuimhin liom anois. Céard iad na hainmhithe a bhí ann arís?'

'An giorria, an fia, an sionnach agus an t-ulchabhán.'

'An cuimhin leatsa aon cheann de na horthaí a bhí againn chun glaoch ar na hainmhithe sin, mar ní cuimhin liomsa iad.'

Bhí Deirdre ag cuimhneamh uirthi féin ar feadh cúpla nóiméad. Dúirt sí na focail dhraíochta:

'A *shionnach feasa, tá gá le do chleasa,*
A *shionnach na hoíche, tar i gcabhair ar an Sí.'*

'Maith thú,' a dúirt Luisne. 'Déarfaimid é le chéile anois.'

Dúirt an dá shióigín an ortha arís. Ansin d'fhan siad agus d'éist siad. Ach, mo léan, níor tháinig aon ainmhí i gcabhair orthu.

Bhí an dóchas beagnach caillte acu nuair a tháinig séideán gaoithe tríd an bpasáiste. Ansin chuala siad 'Uf!' Léim a gcroíthe. Bhí seansionnach ag teacht tríd an bpluais ina dtreo.

'Cé sibh féin, a shióga beaga, agus cén fáth a bhfuil sibh ag glaoch orm? Is fada an lá anois ó ghlaoigh an Slua Sí orm,' a dúirt an sionnach.

D'inis Luisne agus Deirdre an scéal ar fad don sionnach.

'Tá sibh sáinnithe ceart go leor,' a dúirt an

sionnach ansin. 'Ach tá an t-ádh dearg libh. Tá aithne ag an saol mór ar an gceoltóir Gormlaith agus tá a fhios agam cá bhfuil a teach. Is minic a chaith mé an oíche ina gairdín ag éisteacht lena cuid ceoil bhinn. Leanaigí mise, a shióga beaga.'

Lean Luisne agus Deirdre an sionnach. Lean siad é amach as an dún agus trasna na bpáirceanna. Nuair a tháinig siad amach as na páirceanna stop an sionnach agus labhair sé leis an dá shióigín.

'Caithfidh sibhse imeacht as radharc anois,' a dúirt sé. 'Tá muid le taisteal ar an bpríomhbhóthar chomh fada le teach Ghormlatha.'

D'imigh siad as radharc agus lean siad an sionnach.

Nuair a stop an sionnach ar deireadh bhí siad ag geata mór.

'Fágfaidh mé anseo sibh, a shióga beaga,' a dúirt an sionnach. 'Tá fiach le déanamh agamsa fós anocht.'

Thosaigh Luisne agus Deirdre ag glacadh buíochais leis an sionnach. Ach bhí sé imithe cheana féin! Shiúil siad isteach an geata agus suas go dtí an teach. Bhuail siad ar an doras. Nuair a d'oscail an doras bhí bean álainn ina seasamh ann.

'An tusa Aintín Gormlaith?' arsa Luisne leis an mbean.

Bhreathnaigh an bhean go grinn orthu.

'Luisne agus Deirdre,' a dúirt sí agus iontas an domhain uirthi. 'An bhféadfadh sé gur sibh atá ann!'

'Is muid,' deir Luisne agus Deirdre.

'Tagaigí isteach as an mbáisteach go beo,' arsa Gormlaith. 'Tá sibh fliuch gioblach! '

Thug Gormlaith éadaí tirime teolaí do na sióigíní. An fhaid is a bhí siad ag athrú a gcuid éadaí d'inis Luisne agus Deirdre an scéal ar fad dá n-aintín.

'Ach an bhfuil ciall ar bith agaibh?' a dúirt Gormlaith. 'Nach dtuigeann sibh cé chomh contúirteach agus atá an áit seo do shióga?'

Bhreathnaigh na sióigíní ar a chéile agus phléasc siad amach ag caoineadh.

'Níl aon ghá leis na deora, a chailíní,' arsa Gormlaith. 'Ar a laghad tá sibh slán sábháilte anois.'

Ansin thug sí isteach sa chistin iad, áit a raibh bia agus deoch ar an bord. Ina dhiaidh sin thaispeáin Gormlaith seomra codlata breá compordach dóibh.

'Tá mé cinnte go bhfuil sibh tuirseach anois,' ar sise. 'Codladh sámh. Feicfidh mé ar maidin sibh.'

BHÍ AN Slua Sí ar an mbealach go dtí an Domhan Thuas.

'Tá an dá shíoigin sin an-óg,' a deir Aodh. 'Ní bheidh sé ródheacair iad a fháil. Tá mé cinnte nach ndeachaigh siad rófhada ó bhaile.'

'Gach seans gur sa seandún os cionn Lios Lurgain atá siad,' arsa Lugh. 'San áit ar tháinig siad thar an Tairseach.'

Bhí an ghaoth ag séideadh go láidir agus é ag stealladh báistí nuair a shroich an Slua Sí an seandún. Chuardaigh siad thall agus chuardaigh siad abhus.

'A Dheirdre, a Luisne, an bhfuil sibh ansin?' a dúirt siad.

Ach ní bhfuair siad aon fhreagra. Ní raibh tásc ná tuairisc ar an dá shíóigín.

'An bhfuil aon seans gur istigh sa bhaile mór atá siad?' a dúirt Lugh ansin.

'Tá siad ró-óg,' arsa Aodh. 'Ní rachaidís isteach sa bhaile mór leo féin.'

'B'fhéidir go bhfuil rud éigin feicthe ag ainmhithe na hoíche,' a dúirt athair Dheirdre. 'Glaofaidh mise ar an ulchabhán:'

'A *chailleach na hoíche, a chailleach na hoíche,*
Tá eolas á lorg ag an Slua Sí.'

Níor thóg sé i bhfad ar an ulchabhán teacht chucu.

'Ó sea,' a dúirt an t-ulchabhán nuair a d'inis siad dó faoin dá shióigín a bhí imithe amú. 'Níl sé i bhfad ó chonaic mé dhá shióigín ag leanacht an tseansionnaigh trí na páirceanna. Chuaigh siad an bealach sin. Tá seanaithne agam ar an sionnach. Tabharfaidh sé aire mhaith dóibh.'

'Ach an féidir linn labhairt leis?' a d'fhiafraigh Lugh den ulchabhán.

'Tá sé i bhfad ó bhaile anois,' arsa an t-ulchabhán. 'Bíonn sé ag fiach san oíche. Ach ná bíodh aon imní oraibh. Tá mé cinnte gur thug sé an dá shióigín go dtí áit shábháilte.'

Cé nach raibh Luisne ná Deirdre faighte acu chuaigh an Slua Sí abhaile go dtí an Domhan Thíos.

'Níor éirigh linn iad a fháil,' a dúirt siad. 'Ach tá a fhios againn go bhfuil an seansionnach ag breathnú amach dóibh.'

'Ach tháinig scéala chugainn díreach anois,' arsa máthair Dheirdre go ríméadach. 'Tá Luisne agus Deirdre slán sábháilte. Tá siad in éineacht lena nAintín Gormlaith ina teach sa Domhan Thuas.'

CAIBIDIL

7

CHODAIL AN dá shióigín go sámh i dteach Ghormlatha.

Nuair a chuaigh siad síos staighre ar maidin bhí Gormlaith istigh sa chistin.

Ach ní raibh sí léi féin! Bhí buachaill ina shuí ag an mbord in éineacht léi.

'Seo é Conaire, bhur gcol ceathrair,' a dúirt Gormlaith. 'A Chonaire, seo iad do chol ceathracha ón Domhan Thíos. Deirdre agus Luisne.'

Bhí ríméad ar an dá shióigín. Bhí col ceathrair acu sa Domhan Thuas!

'An sióg tusa, a Chonaire?' a d'fhiafraigh Deirdre den bhuachaill.

'Ní sióg ceart mé. Mar is Duine é m'athair,' a dúirt Conaire, 'ach tá mo mháthair ag múineadh cuid de na Cleasa Sí dom. Agus tá sí ag múineadh ceol na Sí dom freisin.'

'Ar mhaith leat píosa ceoil a chasadh dóibh anois?' arsa Gormlaith lena mac.

Thóg Conaire amach a fheadóg agus thosaigh sé ag casadh.

'Meascán de cheol na Sí agus de cheol na nDaoine atá ag Conaire,' a dúirt Gormlaith.

'Níor chuala mé ceol chomh hálainn leis sin riamh cheana,' arsa Luisne nuair a stop Conaire ag casadh.

'Ná mise ach an oiread,' arsa Deirdre.

'Beidh sibhse ag dul abhaile go gairid, a chailíní,' a dúirt Gormlaith nuair a bhí an bricfeasta ite acu. 'Bhí an-imní ar bhur dtuismitheoirí inné. Agus ní gá dom a rá go bhfuil siad an-fheargach gur éalaigh sibh mar sin i ngan fhios.'

Ní raibh Conaire sásta nuair a chuala sé go raibh a chol ceathracha ag imeacht.

'Níl siad ach díreach tagtha. Nach féidir leo

fanacht cúpla lá?' a d'fhiafraigh sé dá mháthair.

'Ní ar laethanta saoire atá siad,' a dúirt Gormlaith leis. 'Ach b'fhéidir go dtiocfaidh siad ar saoire am éigin.'

'Nó d'fhéadfainnse dul in éineacht leo go Tír na Sí,' arsa Conaire.

'Nuair a bheidh tú níos sine, a stór,' a dúirt Gormlaith. 'Rachaidh an bheirt againn go dtí Tír na Sí.'

D'fhág Luisne agus Deirdre slán ag Conaire.

Ansin chuaigh siad in éineacht le Gormlaith go seandún Lios Lurgain.

'Tabhair dom an eochair,' arsa Gormlaith le Luisne.

Nuair a bhí an eochair ina láimh aici, shín Gormlaith amach í agus dúirt:

'A *Eochair Lios Lurgain, taispeáin an doras!*
Taispeáin an doras don tsióg Gormlaith!'

Go tobann, bhí doras mór dubh le feiceáil sa gclaí!

Sháigh Gormlaith an eochair sa ghlas agus ar sise:

'A *Eochair Lios Darach, lig na sióga síos.*
Oscail an doras go dtí an Domhan Thíos.'

D'oscail an doras go mall, réidh.

'Anois, a shióigíní,' a dúirt Gormlaith. 'Is féidir libh dul abhaile go dtí bhur dtuismitheoirí. Ach má bhíonn fonn oraibh teacht anseo arís cuirigí scéala chugamsa. Ach ná bigí ag éalú amach i ngan fhios.'

'Ní bheidh, a Aintín Gormlaith,' arsa Luisne.

'Ní dhéanfaidh muid é sin go deo arís,' a dúirt Deirdre.

'Slán abhaile mar sin,' arsa Gormlaith.

Ansin shiúil Luisne Lios Lurgain agus Deirdre Lios Darach thar an Tairseach agus ar ais go dtí a mbaile féin sa Domhan Thíos.

An tSióg Mhallaithe
Aoife Ní Dhufaigh

Beidh bainis mhór i Lios Lurgain! Tá deartháir Luisne, Lugh, le pósadh lena ghrá geal, Eimhear. Tá cuireadh ag Luisne agus Deirdre agus ag na sióga óga ar fad chuig an mbainis agus tá siad ar bís ag fanacht leis an lá mór. Ach ní bhfuair gach aon duine cuireadh. Tá sióg ghránna amháin nach bhfuil an-sásta nach bhfuair seisean cuireadh chuig an mbainis, agus nuair a thagann sé chuig an mbainis ní ceiliúradh atá ar intinn aige!

ISBN: 978-1-909907-97-3